국어 교과서 작품 읽기

최신 개정판

문해력 UP 활용북

중2

창비
Changbi Publishers

국어 교과서 작품 읽기(최신 개정판)
중2 문해력 UP 활용북

펴낸이 · 염종선
책임편집 · 안신희 이현선 구본슬
조판 · 박보라
펴낸곳 · (주) 창비
등록 · 1986년 8월 5일 제85호
주소 · 10881 경기도 파주시 회동길 184
전화 · 031-955-3333
팩스 · 영업 031-955-3399 편집 031-955-3400
홈페이지 · www.changbi.com
전자우편 · ya@changbi.com

'국어 교과서 작품 읽기' 최신 개정판을 펴내며

국어는 왜 어려울까요? 우리말과 글을 이미 능숙하게 쓰고 있는데도 국어 과목이 너무 어렵다며 푸념을 늘어놓는 청소년들을 종종 만납니다. 국어를 배우는 시간을 자신과 세상을 이해하고 성장하는 과정으로 생각해 보면 어떨까요? 국어는 읽고 쓰는 기능뿐 아니라 우리말과 글의 아름다움을 느끼고 가치를 내면화하면서 세상과 소통하는 법을 배우는 과목입니다. 다양한 삶의 모습이 담긴 문학 작품은 인간과 세계를 깊게 이해하는 통로가 되어 주지요. 작품 속 이야기를 거쳐 다시 우리가 발 딛고 있는 현실로 돌아와 앞으로 어떤 삶을 살아갈지 고민하게 된다면, 그것이 바로 성장의 과정이라 할 수 있습니다.

2025년 중학교 1학년부터 적용된 '2022 개정 교육과정'은 미래 변화에 대응하는 역량을 강조합니다. 디지털 사회로의 전환, 기후 환경의 변화, 출생 인구의 감소 등 우리는 이미 전과 다른 세상을 살고 있습니다. 이런 변화에 발맞추어 새로운 국어 교육과정에서는 디지털·미디어 역량을 기르기 위한 '매체' 영역이 추가되었습니다. 디지털 기기를 활용하는 것에서 그치지 않고, 매체 자료를 비판적으로 이해하고 자신의 생각을 창의적으로 표현하는 것을 목표로 합니다. 이처럼 미래를 잘 맞이하려면 단순히 새로운 기술을 습득하는 것을 넘어, 변화된 환경 속에서 자신의 삶을 주도적으로 살아갈 수 있어야 합니다. 이를 위해서는 나를 둘러싸고 있는 세상을 읽어 낼 수 있는 힘을 갖추어야 하지요. 문해력을 기르는 이유도 단순히 성적을 몇 점 올리기 위해서가 아니라 삶을 가꾸기 위해서입니다.

'국어 교과서 작품 읽기' 최신 개정판에서는 새로 바뀐 중학교 2학년 국어 교과서 10종에 실린 문학 작품을 시, 소설, 수필 · 비문학 갈래별로 가려 모았습니다. 학교에서 배우는 교과서에 실린 작품뿐만 아니라 함께 보면 좋을 작품을 엄선하고, 작품을 깊이 있게 이해하도록 돕는 다양한 활동을 구성했으며, 시험을 대비하고 실전 감각을 기를 수 있는 예상 문제를 포함했습니다. 낯선 교복과 새로운 터전에 적응을 마친 중학교 2학년은 몸과 마음이 부쩍 자라는 시기입니다. 자유학기제 이후 학업에 대한 부담이 커지고 진학과 진로에 대한 현실적인 고민도 싹트기 시작하지요. 그 과정에서 막연한 불안감과 초조함을 감추기 위해 마음의 벽을 쌓아 올리기도 합니다. 어느새 높아진 벽 앞에 혼자 남지 않도록, 시선을 들어 세상과 소통하며 자신의 생각을 정리해 나갈 수 있는 수록작을 꼽고 도움 글을 실었습니다. 다양한 삶의 모습이 담긴 작품을 통해 위로와 격려를 받기도 하고, 글쓴이의 생각에 공감하거나 반박하는 연습을 하며, 스스로 생각하는 힘을 기를 수 있을 것입니다.

차례

일러두기

이 책은 '국어 교과서 작품 읽기: 중2' 시리즈(시, 소설, 수필·비문학) 최신 개정판에 나오는 활동에 대해 엮은이 선생님들과 창비 편집부에서 작성한 답안을 엮어서 만들었습니다. 여기에 예시된 답안 중에는 정답도 있지만 문제에 따라 도움말에 가까운 것도 있습니다. 작품을 충분히 감상하고 나서 예시 답안을 참고삼아 좀 더 설득력 있고 창의적인 활동 답안을 만들어 보세요.

중2

시

고재종 「첫사랑」 | 16쪽 |

시인은 왜 첫사랑을 '가장 아름다운 상처'라고 표현했을까요?

첫사랑은 처음이라 너무 어렵지만, 첫사랑을 경험하며 성장을 이룰 수 있기에 '아름다운 상처'라 표현했을 것이다.

김소월 「먼 후일」 | 18쪽 |

이 시에서는 "당신이 ~(하)면"이라는 가정법이 쓰였어요. 가정법은 실제가 아니라 말하는 이의 상상이나 소망 또는 후회 등을 담는 표현이지요. 그렇다면 이 시에서 가정법을 사용한 이유는 무엇일까요?

먼 후일 일어날 일을 상상하며 소망을 담았기 때문에 가정법을 사용했다.

김응 「괜찮은 척」 | 20쪽 |

여러분도 이 시의 화자처럼, 안 괜찮았지만 '괜찮은 척'했던 순간이 있었나요? 그때의 마음이 어땠는지 떠올려 이야기해 보세요.

학교에서 속상한 일이 있었지만 가족들이 걱정할까 봐 괜찮다고 말한 적이 있다. 어른스러워진 기분이었다.

문병란 「희망가」 | 24쪽 |

이 시에서는 역설적인 표현이 등장합니다. 겉으로 보기에는 어울리지 않는 말이지만 함께 놓여서 깊은 뜻을 전달하지요. 아래 예시를 참고해서 역설적인 표현을 하나 만들어 보고 설명해 보세요.

· 형식: A는(은) B의 C.
· 표현: 눈물은 웃음의 씨앗.
· 설명: 마음껏 울고 나면 웃을 수 있는 힘이 생기기도 한다.

표현: 끝은 시작의 문턱.
설명: 무언가의 끝은 새로운 것의 시작이 되기도 한다.

이은솔 「엄마의 역설법」 | 26쪽 |

건조한 표현 속에 누구보다 깊은 마음을 담아 본 적이 있나요? 있다면 왜 그랬는지 적어 봅시다.

친구가 준 생일 선물을 받고 너무 기뻤지만, "고마워." 한마디밖에 말하지 못했다. 수많은 문장이 떠올랐지만 왠지 쑥스러워서 그랬던 것 같다.

이생진 「벌레 먹은 나뭇잎」 | 28쪽 |

상처가 아름다울 수 있는 이유는 무엇일까요?

상처는 수많은 경험과 인내를 나타내기에 아름답다.

이장근 「낙타」 | 30쪽 |

여러분에게 '혹'이 있다면 그것은 무엇인가요?

내 '혹'은 내가 가진 꿈이다. 가끔 꿈을 이룰 수 있을까 두렵지만 나에게 살아갈 원동력을 준다.

이직 「까마귀 검다 하고」 | 32쪽 |

왜 시인은 사람을 직접 비판하지 않고 새를 빌려 표현했을까요?

특정 인물을 언급하며 비판하는 것보다 '새'로 표현하는 게 더 재미있고, 더 의미심장한 느낌을 주기 때문이다.

정진규 「별」 | 34쪽 |

내 마음이 어둠일 때 오히려 알 수 있었던 것에 대해 이야기해 보세요.

내 마음이 어둠 속에 있었을 때, 내 곁을 지켜주는 소중한 사람들이 등대처럼 빛난다는 사실을 더 깊이 느낄 수 있었다.

정호승 「봄 길」 | 36쪽 |

시인은 왜 '걷는다'가 아니라 '걸어간다'라고 했을까요?

"길이 끝나는 곳"처럼 어두운 상황인데도 꿋꿋한 인물을 더 생생하게 표현하고자 현재진행형을 썼을 것이다.

하상욱 「맛집」

| 38쪽 |

다들 좋다는데 나만 아닌 것 같았던 순간이 있다면 이야기해 보세요.

친구들은 모두 마라탕을 좋아한다. 나는 마라탕이 싫은데, 항상 다 같이 먹으러 가자고 해서 거절하기 어렵다.

박성우 「신나는 악몽」

| 40쪽 |

시에서는 고릴라, 염소, 능구렁이가 시험을 방해합니다. 여러분이라면 어떤 동물을 등장시켜 새로운 장면을 만들고 싶나요? 시험을 방해할 동물을 떠올려 보고, 그 상황을 상상해 한 줄 시로 써 보세요.

시험을 보려는데 내 눈앞에 우리 집 강아지 시루가 아른아른.

김륭 「눈사람」

| 45쪽 |

1 「눈사람」에서처럼 사물 한 가지를 골라 사람처럼 표현해 봅시다. 이러한 표현 방법을 의인법이라고 합니다. 의인법은 본래 소리를 내거나 움직이지 못하는 사물이나 자연물에 생명을 불어넣어 생생하게 드러내는 기법입니다. 의인법을 활용하면 대상이 한층 더 친근하게 느껴지고, 글 속에서 따뜻한 공감과 정감을 전달할 수 있습니다.

나비: 나는 아주 작지만 당신에게 사랑을 전하기 위해 팔랑팔랑 날아왔습니다.

2 다음 예시에서 하나의 주제를 골라, 의인법을 활용해 사물 혹은 자연물에 생명력을 담은 표현을 써 봅시다.

· 연필, 신발, 시계

연필: 나는 점점 키가 작아지지만, 누군가의 이야기를 남길 수 있다면 괜찮아.

김선우 「작지만 온몸인 은빛 물고기처럼」

| 48쪽 |

이 시는 "하지만 나는 ~할 수 있어"라는 말로 자신의 실천을 이어 나가게 합니다. 이를 참고하여 "하지만 나는 ~할 수 있어"라는 말로 내가 지금부터 할 수 있는 작은 실천을 세 가지 적어 보세요.

하지만 나는 씩씩하게 밥을 먹을 수 있어.
하지만 나는 친구들에게 웃음을 전할 수 있어.
하지만 나는 종이학을 예쁘게 접을 수 있어.

김선우 「밥 먹었니?」

| 50쪽 |

평범한 인사말을 하나 골라 특별한 상황과 연결해 봅시다. 마지막에는 소리나 모양을 흉내 내는 말을 덧붙여 표현해 보세요. 귀로 들리는 소리나 눈으로 보이는 모습이 그대로 살아나 글이 생생해집니다.

잘 잤어? 이불 속에서 고양이가 고르릉고르릉.

박남준 「작은 씨앗」

| 54쪽 |

1 이 시는 '내가 씨앗이라면'이라는 상상을 시작으로, 자라서 어떤 나무가 되고 싶은지를 비유적으로 표현했습니다. 직유법은 '마치 ~같다' '~인 양' '~처럼' '~듯이'와 같은 표현과 함께 자주 쓰입니다. 직유법을 써서 여러분이 되고 싶은 모습을 표현해 보세요.

내 마음은 촛불처럼 밝게 빛난다.

2 은유법은 '~같이' '~처럼'이라는 말이 없이도 어떠한 개념이나 사물을 다른 것에 비유하여 그 특성을 강조하거나 이해를 돕는 표현법이지요. 은유법을 써서 짧은 문장을 만들어 봅시다.

점심시간이 되면 고개를 번쩍 드는 우리 강아지는 알람시계.

박성우 「발표, 나만 그런가?」

| 58쪽 |

1 발표할 때 떨리는 마음을 다른 사물에 비유해 보도록 합시다. 이어서 발표의 단점과 장점을 반대되는 문장으로 써 볼까요? 이때 사용되는 것이 비유법과 대조법입니다. 익숙한 감정을 낯선 이미지로 빗대어 표현하면 새롭게 느껴지고, 상반된 모습을 나란히 보여 주면 대비 효과가 커집니다.

내 심장이 작은 북처럼 쿵쾅거린다. (비유법)
발표는 떨리지만, 나를 빛나게 한다. (대조법)

2 아래 예시에 각각 어떤 표현법이 활용되었는지 적어 봅시다.

내 마음이 시계 초침처럼 초조하다. (비유법)
시험은 무섭지만, 나를 한 걸음 성장시킨다. (대조법)

유희경 「도넛을 나누는 기분」

| 62쪽 |

1 누군가와 함께 음식을 나누어 먹었던 순간을 떠올려 봅시다. 그때의 맛, 냄새, 촉감 같은 감각을 구체적이고 생생하게 표현한 것을 감각적 이미지라고 합니다. 감각적 이미지를 활용하면 글 속에 오감이 살아 움직이듯 드러나, 장면이 더욱 실감 나게 느껴집니다.

2 아래 소재 중 하나를 골라 오감을 활용하여 음식을 먹었을 때의 기분을 표현해 봅시다.

· 바닐라아이스크림, 매운 떡볶이, 씁쓸한 커피

매운 떡볶이:
매운 향이 코끝을 찌르고, 혀끝이 얼얼하게 타오른다.
후끈 고추장처럼 빨갛게 달아오른 내 얼굴.
맵다, 매워! 하면서 친구와 나눠 먹는 떡볶이.

오은 「어쩌면」

| 65쪽 |

1 친구가 되기 위해 필요한 조건을 "만약 네가 내 비밀을 끝까지 지켜 준다면"과 같이 가정문으로 써 보세요. '만약'이라는 말을 넣은 가정법 문장을 통해, 상황을 상상하며 표현하는 방법을 배울 수 있습니다.

만약 네가 나와 마주 웃어 준다면, 우리는 친구가 될 수 있을 거야.

2 반대로 나는 상대에게 어떤 친구가 되고 싶나요? 이번에도 가정법을 활용해 적어 보세요.

만약 내가 힘들 때마다 너에게 든든한 버팀목이 되어 줄 수 있다면, 너는 나를 진정한 친구라고 생각해 줄까?

이재무 「딸기」

| 68쪽 |

1 시장에 가면 정말 다양한 물건들이 있어요. 이번에는 그 물건이 "만약 나였다면" 하고 상상해 보세요. 의인화해서 하루 동안의 일기를 쓰듯 표현하는 거예요. 예를 들어, "나는 매일 새벽부터 깨어 있는 참외야. 오늘도 손님이 나를 집어 들었다가 내려놓았어."처럼 적을 수 있지요. 마지막에는 그 물건 속에 담긴 사람들의 땀과 노력이 어떤 모습으로 숨어 있는지도 덧붙여 보세요. 이렇게 표현해 보면 단순한 물건 하나도 우리 사회와 긴밀히 이어진 것임을 알 수 있답니다.

나는 매일 언니가 쓰는 안경이야. 오늘도 까만 밤이 지나자 잠에서 깬 언니가 나를 얼굴에 썼어. 나는 매일매일 열심히 언니가 보는 책을 비춰 주고 있어.

2 읽었던 시나 소설 중 의인법을 활용하여 지어진 작품이 있나요? 생각나는 작품의 제목을 적어 보세요.

성미정 「후후후」

조향미 「시 창작 시간」 | 71쪽 |

「시 창작 시간」은 시 쓰기를 낯설고 어렵게만 느끼던 아이들이, 막상 시제를 만나 글을 쓰기 시작하면서 기대와 설렘을 표현하는 모습을 담고 있습니다. 그렇다면 여러분은 선생님이 고마웠던 순간이 있었나요? 선생님이 건네 주신 다정한 말, 따뜻한 표정, 작은 행동을 떠올려 보고, 그 마음을 담아 선생님께 감사의 시를 지어 봅시다.

※ 자유롭게 써 보세요.

이병일 「마스크 유행」 | 76쪽 |

우리 사회의 모습을 시에 담는다면 어떤 소재를 가지고 시를 쓸 것 같은가요?

나는 점점 많아지는 SNS에 대한 시를 써 볼 것 같다.

공광규 「얼굴반찬」 | 78쪽 |

다시 함께하고 싶은 '얼굴반찬'을 떠올려 보고 그 사람을 떠올린 이유를 이야기해 보세요.

이제는 볼 수 없는 우리 할머니의 얼굴이 떠오른다. 어렸을 때 할머니는 늘 식탁 앞에 나와 마주 앉아 웃어 주셨다.

신경림 「가난한 사랑 노래」 | 81쪽 |

시인이 이 시의 부제를 '이웃의 한 젊은이를 위하여'라고 붙인 의도는 무엇일까요?

시인은 시인이 살던 시대의 수많은 '가난한 젊은이'에게 이 시를 주고 싶은 마음으로 부제를 지었을 것이다.

신동엽 「산에 언덕에」

| 83쪽 |

정의를 위해 싸우던 맑은 영혼이 세상을 떠난다면, 우리는 어디에서 그 모습을 다시 만날 수 있을까요? 떠오르는 장면이나 모습을 자유롭게 표현해 보세요.

시를 읽으니 맑은 영혼들이 넓은 들판에서 바람처럼 자유로이 노니는 모습이 떠오른다.

김광섭 「성북동 비둘기」

| 87쪽 |

1 시의 화자를 '비둘기'로 바꾸어, 개발로 인해 삶의 터전을 잃은 현실을 담아 짧은 시를 지어 볼까요.

내가 사는 동네에는
나만 번지가 없다
그래도 나는
함께 사는 인간에게 축복의 메시지나 전할까
하늘을 한 바퀴 휘 돈다

2 이 시는 1960년대 후반, 개발로 인해 사라져 가는 자연의 모습을 '비둘기'를 통해 표현했습니다. 1960년대가 아닌 오늘날의 현실을 배경으로 기후 위기 문제를 시로 표현한다면 여러분은 어떤 대상을 시의 주인공으로 삼고 싶나요? 그 이유도 함께 써 보세요.

길고양이를 주제로 시를 써 보고 싶다. 우리 동네에는 떠돌이 길고양이가 많기 때문에. 매연 가득한 거리를 어떻게 느낄지 늘 궁금했기 때문이다.

이상화 「빼앗긴 들에도 봄은 오는가」 | 92쪽 |

이 작품이 창작된 일제 강점기에 사람들이 이 시를 읽었다면 어떤 마음이 들었을까요?

시의 화자와 함께 봄이 오길 바랐을 것 같다.

이육사 「절정」 | 94쪽 |

시의 내용과 시대적 배경을 바탕으로 제목 '절정'의 의미를 이야기해 봅시다.

일제 강점기의 현실 속에서 창작되었다는 점을 고려한다면, '절정'은 가장 고된 순간을 이야기하면서도 가장 희망을 생각하는 순간을 뜻하기도 하는 것 같다.

신석정 「꽃덤불」 | 97쪽 |

이 시의 화자는 아직 오지 않은 '태양'을 기다리고 있어요. 화자에게 전하고 싶은 메시지를 짧게 써 볼까요?

봄은 언젠가 분명히 오니 조금만 기다려 달라는 말을 전하고 싶다.

이방원 「하여가」 | 99쪽 |

고려를 지키고 싶었던 정몽주에게 「하여가」는 어떻게 다가왔을까요?

정몽주의 입장에서 「하여가」를 읽었다면 분노를 느꼈을 것 같다.

정몽주 「단심가」

| 101쪽 |

「단심가」의 단심은 일편단심(一片丹心)의 바로 그 단심이에요. 오직 한 가지에 변함없는 마음을 뜻하지요. 여러분에게도 변하지 않는 마음이 있다면 무엇인가요? 어떤 마음을 지키고 싶은가요?

가족을 사랑하는 내 마음은 일편단심이다.

정철 「훈민가」

| 103쪽 |

「훈민가」 제13수를 바탕으로, 바람직한 중학교 생활을 권하는 내용의 시조를 한 수 지어 보세요.

오늘도 즐거웠다 함께 웃으며 가자
내 고민 나누고 너의 것도 듣고 싶다
가는 길에 맛집 들러 맛있는 걸 먹어 볼까

나희덕 「귀뚜라미」

| 109쪽 |

1 "누구의 마음 하나 울릴 수 있을까."라고 말한 귀뚜라미처럼 의문문으로 문장을 만들어 자신의 소망을 표현해 봅시다.

언제쯤 내 마음이 바람처럼 가벼워질까.

2 의문문 중에서도 질문의 형식을 빌려 화자가 말하고 싶은 것을 강조하는 표현 기법을 '설의법'이라고 한답니다. 설의법은 쉽게 알 수 있는 내용을 오히려 질문의 형태로 쓰는 방법이기도 하지요. 지금 마음속에 떠오르는 생각을 설의법을 활용하여 스스로에게 물어볼까요? 글에 여운과 사색의 깊이가 생깁니다.

작디 작은 나도 시간이 흐르면 어른이 될 수 있을까?

복효근 「세상에서 가장 따뜻했던 저녁」 | 111쪽 |

누군가의 작은 배려로 따뜻했던 순간을 떠올려 기록해 봅시다. 그 순간을 냄새, 손길, 소리, 맛, 모습 같은 감각으로 구체화해 보세요. 이것을 감각적 표현이라고 하는데, 감각을 활용하면 마음의 온기가 독자에게 더 잘 전해집니다.

시각: 친구 가방이 무거워 보였는지, 수빈이가 대신 들어 주는 모습이 눈에 들어왔다.
청각: 시험이 끝나고, 선생님이 '수고 많았다'며 격려해 주신 목소리가 든든하다.
후각: 비 오는 날, 엄마가 구워 준 감자전에서 고소한 냄새가 피어올랐다.
미각: 소희가 나눠준 마시멜로를 먹으며 마음까지 달콤해졌다.
촉각: 길 가다 넘어졌을 때, 나를 잡아 준 현빈이의 손이 따뜻했다.

유안진 「오해, 풀리다」 | 113쪽 |

친구와 오해를 풀 수 있는 단어를 사용하여, 짧은 대화를 꾸며 봅시다. 대화체를 통해 상대방의 마음을 폭넓게 이해할 수 있어요.

A: 어제 내가 화난 것처럼 보였지? 미안해. 사실 피곤해서 그랬어.
B: 그렇구나, 난 내가 뭔가 잘못한 줄 알았어.
A: 그런 게 아니야.
B: 다음에는 바로 말해 주면 좋겠어.
A: 그래, 고마워. 앞으로 더 솔직하게 이야기할게.

이유상 「가족사진」 | 115쪽 |

가족, 친구, 반려동물, 혹은 일상에서 특별하다고 느낀 순간의 사진을 한 장 볼까요. 사진 속 장면을 떠올리며 2~3줄의 짧은 시로 표현해 봅시다.

내 동생 별이 아스팔트 위에서 콩콩콩

함기석 「저녁 항구」 | 117쪽 |

숟가락, 장롱, 거울 등 집 안의 평범한 물건을 하나 골라 다른 장소나 사물로 바꾸어 상상해 볼까요? 신발이 여행 떠난 배가 될 수도 있고, 가방이 보물 창고가 될 수도 있지요. 이러한 비유법을 통해, 낯선 사물을 새롭게 바라볼 수 있습니다.

우리 집 책장의 작은 책들은 각각 커다란 성이다. 손바닥만 하지만 그 안에 세계를 담고 있다.

최윤근 「늦게 쓰여진 시」 | 119쪽 |

늦게라도 누군가에게 전하고 싶은 말을 짧게 적어 보세요. 그리고 이어서 늦었지만 더 깊어진 까닭을 비유적 표현으로 표현해 봅시다.

"저번에 우산 씌워 줘서 고마웠어."
'우산이 빗물을 막아 주듯, 네가 곁에 있어 든든했어.'

함민복 「비린내라뇨!」 | 122쪽 |

1 물건도 사람처럼 마음을 가질 수 있다고 상상해 봅시다. 지우개, 연필, 휴지처럼 평범한 물건 하나를 골라, 그 물건이 직접 말하는 것처럼 표현해 보세요.

지우개: 나는 틀린 글씨를 열심히 지워 주고 있는데, 사람들이 자꾸 나에게 더럽다고 한다.

2 아래 예시에서 한 가지를 골라 「비린내라뇨!」의 모방 시를 써 봅시다. 마지막에는 "이건, 정말 (   )이에요."라고 직설법으로 솔직하게 마무리해 보세요.

운동화: 나는 하루 종일 뛰고 달렸어. 흙탕물도 맞고, 비에도 젖었어. 그래도 너를 편하게 해 주려고 버텼는데, 낡았다고 버리다니. 이건, 정말 서운한 일이에요.

이면우 「빵집」 | 124쪽 |

길에서 본 글귀나 광고를 떠올려 보고, 그것을 쓴 사람의 마음을 상상해 봅시다.

광고: 화단의 꽃을 꺾지 마시오.
글을 쓴 사람은 아름다운 화단을 가꾸고 싶었는데, 누군가 꽃을 꺾어 가서 속상했을 것 같다.

지은이 모름 「시집살이 노래」 | 128쪽 |

1 학교생활이나 집안일의 힘든 점을 해학적으로 비유하여 랩의 가사처럼 적어 봅시다. 풍자와 해학은 웃음을 주면서도 날카로운 비판을 담을 수 있는 문학적 장치입니다.

숙제는 날마다 늘어나지
해도 해도 끝이 없는 무한대
책상 앞에 앉으면 늘 졸려
어른들은 말하지 레벨 업! 레벨 업!

2 힘든 상황을 풍자나 해학을 활용하여 표현해 본 적이 있나요? 그때의 경험을 떠올려 어떤 상황이었는지 적어 봅시다.

가족 중 한 명이 매일 늦게까지 일을 하며 힘들어했던 적이 있는데, 어느 날은 집에 돌아와 체력이 늘겠다면서 크게 웃었다. 힘든 상황을 해학적으로 표현했던 것 같다.

정약용 「탐진촌요」

| 131쪽 |

1 「탐진촌요」에 드러난 시대적 배경을 알아봅시다. 아래 글을 읽고 괄호 안을 채워 보세요.

1. 「탐진촌요」는 (조선) 후기의 피폐한 현실을 담고 있습니다.
2. 백성들은 (세금)과 (부역)의 부담으로 고달픈 삶을 살았습니다.
3. 이 작품은 지배층이 아닌 (서민)의 시각에서 현실을 바라본 서민 문학의 성격을 지닙니다.

2 내가 조선 후기 탐진 마을에 사는 백성이라고 상상해 보세요. 세금이나 부역, 생계의 어려움 등 하루 동안의 일을 일기처럼 써 봅시다.

※ 자유롭게 써 보세요.

중2 소설

성석제
「내가 그린 히말라야시다 그림」 | 46~48쪽 |

1. 아래는 '말할 수 있었지만 말하지 않은' 사건의 전과 후를 정리한 것이다. 〈보기〉에서 알맞은 단어를 찾아 빈칸을 채워 보자.

0.

- 가난한 농부의 아들, 젊을 적 화가의 꿈을 접은 아버지는 염소 판 돈으로 나의 그림 도구를 사다 준 적이 있음.
- 아버지 얼굴에 먹칠을 하지 않으려면 더 노력해야 한다.
- 3학년 때, 남의 이름으로 참가한 군 학예 대회에서 장원을 받은 비밀이 있음.

1.

- 읍내에서 제일 큰 제재소 집 고명딸, 음악이나 미술 등 내가 하고 싶은 것을 충분히 지원받음.
- 예쁘게 커서 시집만 잘 가면 됐지. 힘들게 공부할 거 뭐 있나.
- 중학교 미술 선생님에게 과외를 받음. 재능이 뛰어나다고 하심.

0.

- 나의 천부적 재능을 의심하면서 능력 전부를, 그 이상을 쏟아부으며 노력함.
- 추상화 부문에서 우리나라를 대표하는 화가가 됨.

1.

- 가정학을 공부하고 결혼해서 평탄하고 행복한 인생을 살고 있음.
- 미술관이나 화랑을 자주 들르는 그림 애호가임.

2. 아래 내용을 참고하여 0과 1이 진실을 밝히지 않은 이유를 각각 적어 보자.

0.	1.
아버지의 천부적 재능을 물려받은 아들이라는 인정과 함께 가난한 아버지에게 부담을 드리지 않을 수 있는 그림 도구를 받았기 때문에 진실을 밝히고 싶지 않았을 것이다.	자신의 실수를 먼저 밝힐 용기가 나지는 않았을 것이다. 또한 자신은 상과 상품이 꼭 필요하지 않지만, 가난한 아이는 큰 좌절감을 갖게 될 수도 있다고 생각했기 때문이다.

3. 한 서술자의 이야기만 들었다면 상대가 어떤 사람이라고 생각했을지 적어 보고, 두 사람이 각기 다른 시점으로 번갈아 들려주는 효과는 무엇인지 써 보자.

- 남자의 서술만 있다면, 여자아이가 (강당에 걸린 그림을 제대로 확인하지 않았다) 라고 생각했을 것이다.
- 여자의 서술만 있다면, 남자아이가 (비겁한 거짓말쟁이)라고 생각했을 것이다.

⇒ 두 가지 시점으로 번갈아 서술할 때 생기는 효과는
(독자들이 입체적이고 종합적으로 상황을 이해할 수 있도록 한다)는 것이다.

4. 「내가 그린 히말라야시다 그림」 바탕글을 활용하여 낱말 퍼즐을 풀어 보자.

[1]동		[2]습					[3]천	부	적
짓		[4]자	세	[5]히			연		
[6]달	[7]구	지		말			[8]가	난	
	미		[9]플	라	타	[10]너	스		
[11]애	호	가		야		절			
				시		하			[12]재
	[13]즐	비	하	다		[14]다	재	다	능

주요섭
「사랑손님과 어머니」

| 91~93쪽 |

1. 이 소설에 나오는 각 인물의 특징과 가치관, 작품 속 역할이 무엇인지 알아보며 다음의 표를 완성해 보자.

인물	특징, 가치관
나	• 옥희, 6세. • 어머니와 사랑손님 사이의 메신저.
어머니	• 24세, 과부, 사랑손님에게 호감을 가짐. • 과부의 개가를 부정적으로 인식하는 사회적 관습에 굴복함.
아저씨	• 옥희 아버지의 어릴 적 친구, 하숙을 들어옴. • 옥희 어머니를 좋아하게 되지만 결국 떠나감.
작은외삼촌	• 중학교에 다니고 있음. • 남녀 사이에 내외하는 관습을 낡은 인습으로 생각함.

2. 다음은 '사랑손님'을 '남자'로, '어머니'를 '여자'로 바꾸어 사건을 정리한 것이다. 괄호 안에 들어갈 말을 써 보자.

장	사건의 전개
1~3	(과부)인 '여자'와 여섯 살 옥희가 사는 집에 '남자'가 하숙을 들어옴.
4~8	옥희는 반찬으로 (삶은 달걀)을 좋아한다는 '남자'를 잘 따름. '남자'가 (예배당)에 온 것을 알게 된 '여자'는 당황함.
9~10	'남자'가 (꽃)을 준 것으로 오해한 '여자'는 그날 밤에 (풍금)을 치고 눈물을 흘림.
11~12	'남자'가 '여자'에게 (하얀 봉투)에 넣은 편지로 마음을 전하지만, '여자'는 고민 끝에 거절함.
13~14	'남자'가 떠나고, '여자'는 마른 (꽃)을 버리며 마음을 정리함.

3. 다음은 각 사건에 대한 '나'의 생각을 서술한 것이다. 이 내용으로 미루어 보아 어린아이('나')를 서술자로 내세운 것은 어떤 효과가 있는지 적어 보자.

어리고 순진한 '나'가 주인공들의 속마음을 엉뚱하게 서술하기 때문에 (독자에게 웃음을 유발하는 한편, 과부인 어머니와 남편의 친구인 사랑손님 사이의 관심과 사랑을 순수한 느낌이 나도록 **) 전달해 준다.**

4. 〈보기〉를 참고하여 이 작품의 주제를 파악해 보자.

- **'겉으로 드러난 주제'는 사랑손님과 어머니의 (** 사랑과 이별 **)이다.**
- **'속으로 감춰진 주제'는 (** 여성의 재혼을 부정적으로 인식하는 가부장적 사회에 대한 비판 **) 으로 볼 수 있다.**

김민령
「창가 앞에서 두 번째 자리」

| 112~114쪽 |

1. 다음은 사건을 정리한 것이다. 알맞은 단어로 빈칸을 채워 보자.

가. 전학 첫날: 전학 온 첫날, 모은이는 새 반에 들어가고 담임은 '얌전한 아이면 문제없다.'고 말한다.

나. 애나와의 만남: 모은이는 점심시간에 애나와 친구가 되고, 애나가 공책에 소설을 쓰는 것을 알게 된다.

다. 창가 자리의 비밀: 체육 시간에 창가 앞 두 번째 자리에 누군가 있는 듯 보이지만, 애나는 '그 자리는 벌받는 자리'라고 말한다.

라. 도덕 시간 사건: 도덕 시간, 애나가 수업 중 공책에 소설을 쓰다 담임에게 들키고, 벌받는 자리로 옮기라는 지시를 받는다.

마. 애나의 사라짐: 다음 날, 애나가 학교에 나타나지 않고, 반 친구들은 '애나를 없었다.'고 말한다.

바. 모은이의 선택: 혼자 남은 모은이는 결국 창가 앞 두 번째 자리에 앉아 공책을 발견한다.

2. '애나'는 2학년 3반에 실제 존재하는 인물이었을까, 아니면 모은이의 상상 속 인물이었을까? 그렇게 생각하는 이유를 설명해 보자.

예시 답안 1

실제 인물이라고 생각한다.
애나는 모은이와 함께 점심을 먹고 학교를 둘러보며 대화하는 등 현실적인 행동을 한다.
"점심시간에 벌써 같이 밥을 먹는 친구가 생겼다. 애나는 모은이가 마주 보고 웃어 주자 단번에 다가왔다."
"모은이는 조바심을 내며 애나를 기다렸다. 애나가 오면 아무렇지도 않게 대해야지, 모은이는 그렇게 애나를 기다렸다."
이처럼 모은이의 행동과 교실 생활 속에서 자연스럽게 나타나므로, 애나는 실제 존재하는 친구일 가능성이 있다.

예시 답안 2

상상 속 인물이라고 생각한다.

애나는 모은이의 내면과 연결되어, 실제 존재가 불확실하게 처리되는 장면도 있다.

“그날, 모은이는 내내 혼자였다. 점심시간에 책상에 엎드린 채 그 자리를 바라보았다. 햇빛이 한가득 쏟아져 들어오고 있었다. 애나는 어디에도 없었다.”

또한 모은이는 애나에게 자기 이야기를 털어놓아야겠다고 마음먹는데, 이는 애나가 외로움과 불안을 달래는 모은이 마음속 존재로 읽히게 한다.

3. 이 소설의 시점에 대해 생각해 보고 다음 물음에 답해 보자.

① 작가가 ‘3인칭 시점’을 선택한 이유는 무엇일까?

애나가 실제 인물인지 환상인지 모호하게 하여 긴장감과 상징성을 주기 위해서.

② 모은이의 입장에서 ‘1인칭 시점’으로 쓰인 〈보기〉의 장면을 보고, 이 소설이 택한 3인칭 시점과 비교해 어떤 효과가 있는지 이야기해 보자.

1인칭 시점으로 바꾸니, 모은이의 두근거림, 불안, 외로움 같은 감정을 더 직접적으로 느낄 수 있었다. 독자가 모은이와 같은 자리에 앉아 있는 것처럼 공감할 수 있는 장점이 있지만 소설에서 느꼈던 긴장감과 환상 속에 있는 듯한 기분은 느껴지지 않는다.

4. 이 소설은 열린 결말로 마무리하고 있다. ‘열린 결말’이란 작가가 이야기의 끝을 명확히 제시하지 않고 독자의 상상에 맡기는 것을 말한다. 뒷이야기를 상상해서 이어 써 보자.

예시 답안

모은이는 새 학기가 시작된 지 몇 주가 지난 어느 날, 창가 앞 두 번째 자리에 앉아 창밖을 바라보았다. 계절이 바뀌고, 바람이 선선하게 불자 지난 몇 주간의 일들이 떠올랐다. 처음 전학 왔을 때 느꼈던 긴장과 두려움, 친구들과 소통하지 못해 속상했던 마음이 떠올랐지만, 이제는 웃으며 인사할 수 있는 친구가 생겼다. 모은이는 자신이 조금씩 변한 것을 깨달았다. 새로운 환경에서도 용기를 내어 말하고, 실패해도 다시 도전할 수 있다는 자신감이 생겼다. 교실에서 친구들과 함께 웃고 떠들 때, 모은이는 자신이 더 이상 낯선 아이가 아님을 느꼈다.

알퐁스 도데 「코르니유 영감님의 비밀」

| 128~130쪽 |

1. 다음 문장이 소설의 내용과 일치하는지 O, X로 표시하며 내용을 정리해 보자.

- 코르니유 영감님은 증기 제분소를 오랫동안 운영해 왔다. 〔 X 〕
- 증기 제분소가 세워졌지만 마을 사람들은 풍차 방앗간을 이용했다. 〔 X 〕
- 비베트에게 남은 가족은 코르니유 영감님뿐이었다. 〔 O 〕
- 코르니유 영감님은 주일이면 근사하게 차려입고 성당에 왔다. 〔 X 〕
- 코르니유 영감님의 비밀을 발견한 것은 마을의 농부들이다. 〔 X 〕
- 코르니유 영감님이 저녁마다 노새에 실었던 포대는 백토 포대였다. 〔 O 〕
- 코르니유 영감님은 세상의 변화를 받아들이고, 풍차 방앗간을 정리한다. 〔 X 〕

2. 코르니유 영감의 비밀이 밝혀진 후 코르니유 영감과 마을 사람들이 느꼈을 감정을 〈보기〉에서 골라 보고 그런 감정을 느낀 이유를 써 보자.

코르니유 영감은 어떤 감정을 느꼈을까?

- 내가 고른 감정: 고마움
- 이유: 자신이 몰래 풍차를 돌려 전통을 지킨 사실을 사람들이 이해하고 존중해 주었기 때문.

'나'와 마을 사람들은 어떤 감정을 느꼈을까?

- 내가 고른 감정: 감동받은
- 이유: 코르니유 영감이 증기 제분소의 경쟁 속에서도 전통을 지키기 위해 헌신한 모습 때문.

3. 코르니유 영감의 입장에 대해 생각하며 빈칸을 채워 보자.

"사람들은 나를 보고 비웃겠지. 일이 없는데도 풍차를 돌리는 내가 이상할 거야.
하지만 나는 이 풍차를 멈출 수 없네.
왜냐하면 이 풍차를 돌리는 것은 나와 내 가족, 그리고 마을의 전통을 지키는 일이기 때문이네.
이 풍차는 단순히 밀가루를 빻는 기계가 아니야.
나에게 풍차는 수십 년 쌓아온 삶의 의미이자, 내가 지켜온 자부심의 상징이야.
내가 풍차를 멈추는 날은, 내 삶의 존재 의미를 포기하는 날과 같아."

4. 다음 논제에 대해 자신의 입장을 표시하고, 그렇게 생각하는 이유를 적어 보자.

- 논제 1: 코르니유 영감은 거짓말을 했지만 존중받을 만한 인물이다.

예시 답안

찬성. 거짓말의 목적이 전통과 가족, 마을을 지키기 위한 것이었기 때문이다.

- 논제 2: 풍차의 힘으로 밀을 빻는 전통적인 방식은 불편하더라도 지켜야 한다.

예시 답안

매우 반대. 전통적인 방식이 항상 최선은 아니며, 불편하고 비효율적인 경우가 많다.

- 논제 3: 모든 일이 기계로 이루어지는 편한 세상보다, 느리더라도 정이 있는 세상이 낫다.

예시 답안

중립. 기계화로 편리함을 얻는 것과 느리더라도 인간적 정을 지키는 것에는 각각 장단점이 있으며, 상황에 맞게 균형을 찾는 것이 중요하다.

박루아
「웬만해선 죽지 않아!」

| 152~154쪽 |

1. 이 소설을 영화로 제작했다고 가정하고, 영화 예고편을 만들어 보자. 예고편의 주요 장면에 어울리는 짧은 대사나 내레이션을 써 보자.

장면 1

- 배경 음악: 긴장감 있는 전자음 기반의 음악.
- 대사 또는 내레이션: 내레이션: "인간이 손댄 생명, 자유를 향해 움직인다…"

장면 2

- 배경 음악: 잔잔하고 신비로운 피아노 선율.
- 대사 또는 내레이션: 류이: "어… 너, 정말 살아 있었구나!"

장면 3

- 배경 음악: 긴장감과 공포감을 동시에 주는 드럼과 현악기.
- 대사 또는 내레이션: 내레이션: "인간의 욕심, 생명을 시험하다!"

장면 4

- 배경 음악: 극적으로 분위기를 고조하는 오케스트라.
- 대사 또는 내레이션: 내레이션: "웬만해선… 죽지 않는다!"

2. 슈퍼 달팽이가 기자와 만나 인터뷰를 했다고 가정하고, 기자의 질문에 대한 달팽이의 답변을 작성해 보자.

슈퍼 달팽이를 만나다!

- 기자 질문: 연구소에서 탈출했다고 들었습니다. 그때 기분이 어땠나요?
- 슈퍼 달팽이 답변: 답답한 케이지 속 생활은 지루하고 위험했지. 하지만 숲을 향해 나왔을 때, 처음으로 자유를 느꼈어. 인간들이 내 몸을 실험 대상으로만 보는 게 싫었거든.

- 기자 질문: 인간의 영생 연구에 참여하면서 어떤 걸 느꼈나요?
- 슈퍼 달팽이 답변: 인간들은 오래 살고 싶어서 다른 생명을 희생시키면서까지 탐욕을 부리더라. 난 그 모습이 어리석게 느껴졌어.

- 기자 질문: 류이와 함께 지내면서 느낀 점은 무엇인가요?
- 슈퍼 달팽이 답변: 류이는 연구소 사람들과는 달랐어. 나를 친구처럼, 가족처럼 존중해 주었지. 인간 중에도 마음을 이해하고 배려하는 존재가 있다는 걸 느꼈어.

3. 다음에서 설명하고 있는 내용이 가장 잘 드러난 장면을 소설에서 찾아보고, 어떤 점을 비판하고 있는지 써 보자.

풍자가 잘 드러난 장면	비판하고 있는 것
장어 영감과 가족이 달팽이를 솥에 넣고, 압착기와 망치로 죽이려 하는 장면	인간의 탐욕과 욕심으로 인해 다른 생명체를 무자비하게 희생시키는 모습을 풍자

4. 이 작품은 '영원히 산다는 것'을 욕망하며 다른 생명을 빼앗으려는 사람들을 풍자하고 있다. '영원히' 대신 넣고 싶은 말을 포함해, 자신이 원하는 삶에 대해 써 보자.

예시 답안

'충실히'

내가 원하는 삶은 모든 순간을 '충실히' 사는 삶이다. 공부를 할 때에도, 친구들과 시간을 보낼 때에도, 내가 좋아하는 아이돌의 영상을 볼 때에도, 가족들과 함께하는 때에도 주어진 그 시간에 집중하며, 그 시간을 충실하게 보내고 싶다.

하근찬 「수난이대」

| 179~181쪽 |

1. 다음 사건들을 시간 순서로 나열해 보자.

④ → ② → ⑥ → ① → ③ → ⑤ → ⑦ → ⑧

2. 이 소설에 나오는 다음 소재의 의미를 파악해 보고, 이를 통해 작품의 주제를 유추해 보자.

주요 소재	의미	작품의 주제
고등어	진수에 대한 만도의 사랑. 부자 간의 협동을 이끌어 내는 매개물.	우리 민족의 수난과 극복 의지
외나무다리	우리 민족의 수난. 화합과 협동으로 극복할 수 있음.	

3. 전쟁에서 장애를 입은 아들에게 건넨 만도의 말이다. 상대를 격려하고 응원하는 방법과 연결해 보자.

만도의 말	연결	격려하고 응원하는 방법
"우째 살긴 뭘 우째 살아. 목숨만 붙어 있으면 다 사는 기다. 그런 소리 하지 마라."	• — •	장애에 신경 쓰지 말고 자신의 목숨을 소중히 여기도록 한다.
"나 봐라, 팔뚝이 하나 없어도 잘만 안 사나. 남 봄에 좀 덜 좋아서 그렇지, 살기는 와 못 살아."	• ╲ •	상대의 강점과 능력을 일깨워 자존감을 잃지 않도록 한다.
"야야, 안 그렇다. 걸어 댕기기만 하면 뭐하노. 손을 제대로 놀려야 일이 뜻대로 되지."	• ╱ •	자신의 경험을 들려주며 상대도 충분히 살아갈 수 있음을 북돋운다.
"집에 앉아서 할 일은 니가 하고, 나댕기메 할 일은 내가 하고, 그라면 안 되겠나, 그제?"	• — •	일을 분담해서 하는 방법을 제안하여 각자 역할이 있음을 일깨운다.

4. 「수난이대」의 내용을 활용하여 낱말 퍼즐을 풀어 보자.

[1]외	■	■	[2]주	황	[3]빛	■	[4]연	합	[5]군
[6]나	무	토	막	■	깔	■	기	■	도
무	■	■	■	[7]상	■	■	■	■	■
[8]다	이	[9]너	마	이	트	■	[10]기	■	[11]산
리	■	그	■	군	■	[12]고	역	■	등
■	■	럽	■	인	■	등	■	■	성
[13]게	우	다	■	■	■	[14]어	렴	풋	이

박지원
「양반전」

| 195~196쪽 |

1. 〈보기〉에서 알맞은 말을 골라 빈칸을 채우며 「양반전」 등장인물의 특징을 파악해 보자.

양반	양반의 아내
재산과 능력은 없으면서 체면과 허세만 중시한다. 노동을 거부하고 대접만 받으려고 한다.	남편과 달리 현실적이고 실속을 중시한다. 먹고사는 문제를 우선 생각하며, 생활력이 강하다.
군수	**부자**
양반 신분 매매 증서 작성을 주도하며 양반의 허울뿐인 권위를 드러낸다.	평민 신분이지만 재산이 많다. 가난한 양반이 빌린 관곡을 갚아 주고 양반 신분을 사들이려 한다.

2. 다음은 '양반 매매 증서'가 풍자하거나 비판한 것에 대한 설명이다. 괄호 안에 알맞은 낱말을 넣어 보자.

	풍자나 비판의 내용
첫 번째 양반 매매 증서	양반이 지켜야 할 (의무)와 규범, 생활 태도를 적은 증서다. 지나치게 체면을 중요하게 여기며 (허례허식)에 얽매여 있는 양반의 모습을 풍자했다.
두 번째 양반 매매 증서	양반이 누릴 수 있는 (특권)을 적은 증서다. 횡포를 일삼는 양반의 (부도덕한) 모습을 풍자했다.

3. 이 작품에 드러난 신분제 사회의 특징에 대해 생각해 보고, 신분제 사회에 대한 자신의 의견을 써 보자.

예시 답안

모든 인간은 태어날 때부터 존엄한 존재로서 평등해야 한다. 그런데 태어난 배경, 혈통, 계급 등에 따라 사람을 구분하는 신분 제도는 인권을 침해한다. 그러므로 양반, 평민, 천민으로 구분하여 권리와 의무를 부여하는 조선의 신분제는 옳지 않다고 생각한다.

4. 사고팔 수 있는 것과 없는 것에는 어떤 것이 있을까 생각해 보고 그 이유를 써 보자.

예시 답안

- 사고팔 수 있는 것: 음식
- 그렇게 생각한 이유: 요리 능력을 발휘해 식재료를 맛있게 만들어 판매하면, 만들어서 파는 사람도 뿌듯하고, 돈이라는 이득을 얻을 수 있다. 사는 사람도 기꺼이 돈을 지불하며 즐거움을 누릴 수 있다.

- 사고팔 수 없는 것: 친구 관계
- 그렇게 생각한 이유: 진정한 친구 관계는 돈으로 사고팔 수 없기 때문이다. 돈을 주고 친구라는 관계를 사서 두 사람이 친구라고 약속했더라도, 진정한 친구 사이에 오가는 우정, 믿음, 즐거움 같은 것은 억지로 만들 수 없다. 따라서 친구 관계를 사고파는 것은 불가능하다.

안톤 체호프 「카멜레온」

| 207~209쪽 |

1. 경찰서장 오추멜로프는 '개의 주인이 누구인가'에 따라 전혀 다른 판결을 한다. 작품의 내용을 떠올리며 판결 내용을 정리해 보자.

지갈로프 장군이 개의 주인인 경우	지갈로프 장군이 개의 주인이 아닌 경우
흐류킨의 자작극이며 자초한 일을 숨기고 거짓말을 하고 있다고 판단한다. 비싸고 날쌘 개는 잘못이 없다고 판단한다.	피해를 당한 흐류킨은 개 주인에게 손해 배상을 청구할 수 있다고 판단한다. 사람을 문 미친 개를 죽여야 한다고 판단한다.

2. 이 소설의 제목 '카멜레온'은 '경찰서장 오추멜로프'를 비유한 표현이다. 아래 글을 참고해 오추멜로프는 치안을 책임지는 경찰서장으로서 자격이 있는지 판단하고 그 이유를 적어 보자.

오추멜로프는 주민들의 치안을 맡은 책임자로서 자격이 (있다 / 없다)

왜냐하면 강한 사람에게 약하게 굴고, 약한 사람에게 강하게 구는 태도를 가졌기 때문이다. 장군의 개인지 아닌지에 따라 판결을 반대로 하는 것은 권력에 아부하는 비겁한 태도이다.

3. 〈보기〉의 단어를 활용하여 작가가 말하고 싶은 주제를 서술해 보자.

- 안톤 체호프는 (권력에 따라 판결을 뒤집는 오추멜로프를 희화화하여 19세기 러시아 관료들의 천박한 행태를) 풍자하고 비판한다.

4. 다음 사건에 대해 재판을 진행하려고 한다. 여러분이 만약 배심원으로 재판에 참여했다면 어떤 판결을 내릴지 생각해 보고, '동물보호법'을 참고하여 흐류킨 또는 개의 주인에게 적절한 과태료(1만 원~100만 원) 처분을 내려 보자. 그리고 그렇게 판결한 이유도 적어 보자.

- 처분 대상: 흐류킨
- 과태료: 5만 원
- 이유: 흐류킨은 키가 크고 개는 작은데, 다리가 아닌 손가락을 물렸다는 것으로 보아 흐류킨이 개를 위협한 것으로 보인다. 그러므로 동물보호법 제10조를 위반했다고 판정된다. 하지만 흐류킨이 손가락을 다친 점을 참작하여 과태료 5만 원을 부과하는 것이 적절하다고 본다.

중2
수필·비문학

1부 나를 만나는 시간

활동 1 | 46쪽 |

○ 나만의 기준을 세우고 그에 맞추어 실천하는 일은 바람직하고 주체적인 삶의 태도입니다. 내가 이루고 싶은 목표를 떠올리고, 그 목표를 이루기 위해 어떻게 노력할 수 있을지 고민해 봅시다. 사소해 보이는 것이라도 좋습니다.

❶ 이루고 싶은 목표가 있다면 써 봅시다.

책 읽는 습관을 만들고 싶다. 어릴 때는 책 읽는 것을 좋아했는데, 크면서 점점 책을 멀리하게 된 것 같다. 책을 읽으면 공부하는 데도 내 꿈을 이루는 데도 큰 도움이 되고 무엇보다 즐거웠기 때문에 다시 책 읽는 습관을 만들고 싶다.

❷ 목표에 가까워지기 위해 내가 일상 속에서 실천할 수 있는 일을 세 가지 써 봅시다.

1. 일주일에 한 번 이상 도서관이나 서점 가기.
2. 쉬는 시간이나 여유 시간에 스마트폰 보지 않고 조금이라도 책 읽기.
3. 친구와 함께 같은 책 읽고 이야기 나누기.

활동 2 | 47쪽 |

○ 때로는 하고 싶거나 해야 하는 말을 하기 어려운 순간이 있습니다. 쑥스러워서 입이 떨어지지 않거나, 말을 건넬 적절한 기회를 놓칠 수도 있지요. 그럴 때 편지는 상대방에게 해 주고 싶은 말을 정리해서 전할 수 있는 좋은 수단입니다. 내 마음을 차분하게 전달하는 편지를 써 봅시다.

❶ 누군가에게 평소 하고 싶었던 말이나, 예전에 미처 하지 못했던 말이 있다면 적어 봅시다.

같은 반 친구 현수에게
전학 와서 낯설고 막막했을 때 도와줘서 고마워라고 말해 주고 싶다.

❷ 상대방을 향한 진솔한 마음을 담아 편지를 써 봅시다.

현수야, 안녕?

같은 교실에 앉아 있는데 갑자기 편지를 주다니 놀랐지? 너에게 꼭 하고 싶은 말이 있어. 무척 쑥스러운데 그래도 이야기하고 싶어서 용기를 냈어.
사실 내가 1학기 중간에 전학을 왔잖아. 정말 처음 와 보는 동네로 이사 와서 아는 사람도 하나도 없고 너무 걱정했었어. 낯설고 막막했어, 정말. 그런데 첫날 우리반 이동 수업 할 때랑 내가 화장실 찾을 때, 두리번거리던 나에게 먼저 다가와서 화장실, 도서관, 과학실, 급식실 위치도 다 알려 주고, 이동할 때 챙겨 줘서 너무 큰 도움이 됐어. 친구들에게도 먼저 소개해 주고, 어색했을 텐데 먼저 이런저런 말도 걸어줘서 정말 고마웠어. 현수 네가 아니었다면 이 학교에서 즐겁게 생활하기 어려웠을 텐데, 덕분에 좋은 친구들도 많이 사귀고 잘 적응할 수 있었어. 언젠가 나도 네게, 그리고 나처럼 도움이 필요한 친구에게 그 마음을 갚을 수 있었으면 해. 정말 고마워 현수야!

너의 친구 준수가.

2부 소통으로 성장하는 우리

활동 1 | 84쪽 |

○ 우리는 일상에서 듣기와 말하기를 통해 자신의 생각과 감정을 표현하며 다른 사람과 의사소통합니다. 다양한 상황 맥락에 따라 때로는 어려움에 부딪히기도 하지요. 평소 자신의 듣기와 말하기 과정을 떠올리면서 의사소통 생활을 성찰해 봅시다.

❶ 다음 중 나에게 해당되는 항목에 표시를 해 봅시다.

- ☑ 상대방과 눈을 맞추며 말한다.
- ☐ 적절한 목소리 크기와 속도로 말한다.
- ☑ 상대방의 말을 경청하며 맞장구를 친다.
- ☑ 상대방이 말하는 내용을 정확하게 이해하며 듣는다.
- ☐ 나의 생각과 감정을 상대방에게 자신감 있게 말한다.
- ☑ 상대방이 내용을 잘 이해했는지 반응을 살피며 말한다.
- ☐ 많은 사람 앞에서 말을 할 때 목소리와 표정이 자연스럽다.

❷ 평소 듣기와 말하기에서 어려움을 겪었던 경험을 떠올려 봅시다.

친구들과 대화할 때는 괜찮은데, 교실 앞에 나가서 발표를 할 때면 긴장을 해서 원래 말하려던 내용을 잊고 버벅거렸던 적이 있다.

❸ 위의 어려움을 해결하기 위해 내가 실천할 수 있는 방안을 두 가지 생각해 봅시다.

1. 공적인 말하기 자리에서는 말하고자 하는 내용을 잊지 않도록 간단히 메모해서 준비한다.
2. 혼자서 연습할 때도 앞에 많은 사람들이 있다고 생각하고 실제로 소리 내어 말하며 연습한다.

○ 매체 자료는 우리가 살아가는 현실을 담고 있지만, 모든 것을 있는 그대로 보여 주는 데에는 한계가 있습니다. 제작자는 자신의 의도와 관점에 따라 무엇을 어떻게 보여 줄 것인지 선택하게 됩니다. 매체가 현실을 재현하는 방식을 파악하면서 매체 자료를 비판적으로 읽어 봅시다.

❶ 다음 물음에 답해 봅시다.

- 「뉴스와 가짜 뉴스」를 읽고, 괄호 안을 채워 봅시다.

  - 가짜 뉴스로 피해를 입지 않기 위해서는 이용자가 기사를 (비판적)으로 분석하고 파악하며, (사실)과 (의견)을 구분할 줄 알아야 한다.
  - 기사에서 강조된 부분이나 빠진 부분이 있는지 확인하고, 있다면 그것을 왜 강조하거나 뺐는지 그 (의도)에 대해 고민해 보아야 한다.
  - 작성자가 기사를 쓰며 어떤 자료를 참고했는지 기사의 (출처)를 면밀히 살펴봐야 하고, 다른 매체와 비교하며 정보를 다시 한 번 확인해야 한다.

- 「매체 자료는 현실을 어떻게 보여 주는가?」를 읽고, 괄호 안을 채워 봅시다.

  - 신문 기사, 뉴스, 광고 등을 (매체 자료)라고 한다.
  - 매체 자료를 제작할 때 제작자가 자신의 의도와 관점으로 현실을 표현하는 것을 (재현)이라고 한다.
  - 각각의 매체마다 특성이 다르기 때문에 매체 자료의 (재현 방식) 또한 다양하다.

❷ 공익 광고에 담긴 제작자의 의도와 관점을 분석해 봅시다.

• 인상 깊은 광고를 하나 선정하여 그 광고의 재현 방식을 분석해 봅시다.

사용된 문구와 이미지	북극곰의 모습이 그려져 있고, 그 옆에 '나는 판다가 아니에요. 그저 집 걱정 뿐이죠.'라는 문구가 적혀 있다.
매체가 재현한 현실	북극곰이 작은 빙하 위에 그려져 있는 모습과 '집 걱정 뿐이'라는 문구에서, 지구 온난화로 인해 북극의 빙하가 녹으면서 북극곰의 서식지가 사라지고 있는 현실을 재현했다.
제작자의 의도와 관점	문제의 심각성과 위기감을 보는 사람이 한눈에 느낄 수 있도록 하기 위해 북극곰 이미지를 활용했다. 지구 온난화에 대한 경각심을 불러일으키기 위해서인 것으로 보인다.

• 다음 질문을 중심으로 광고를 평가해 봅시다.

- 광고에 사용된 문구와 이미지가 제작자의 의도를 전달하기에 효과적인가?
- 특정 대상 혹은 집단에 대한 제작자의 고정 관념이 반영되어 있는가?

지구 온난화로 인해 서식지를 잃거나 멸종 위기에 처한 다른 동물들도 많겠지만, 이 광고에서는 지구 온난화와 관련하여 사람들이 가장 쉽게 생각하는 북극곰과 빙하 이미지를 사용하여 보는 이로 하여금 위기감을 느끼게 하려는 의도를 잘 전달했다. 하지만 지구 온난화는 북극만의 문제가 아닌 전 세계적인 문제인데, 이 광고만 보면 자칫 지구 온난화가 북극의 빙하에 한정된 문제라고 오해하게 될 수도 있을 것 같다.

❸ 매체 자료를 수용할 때 갖춰야 할 태도에 대해 생각해 봅시다.

내가 접하는 매체 자료가 어떤 의도에서 만들어진 것인지, 그리고 그것을 접하는 사람들에게 어떤 영향을 미치는지를 고민하는 태도를 가지면 매체 자료를 더 폭넓게 이해할 수 있다. 또 해당 자료를 개선한다면 어떻게 바꾸어 볼 수 있을지 고민해 보는 것도 좋은 태도이다.

활동 1 | 127쪽 |

○ 글쓴이는 자신이 말하는 바를 독자에게 효과적으로 전달하기 위해 여러 표현 방법을 사용합니다. 같은 내용이라도 표현 방법에 따라 독자의 관심을 끌거나 호기심을 불러일으키고, 의미를 강조할 수 있지요. 글에 쓰인 표현 방법과 효과를 파악해 봅시다.

❶ 문자, 소리, 그림, 사진, 동영상 등 다양한 기호가 함께 어우러진 글을 복합 양식으로 구성된 글이라고 합니다. 다음 자료에 쓰인 표현 방법이 무엇인지 적어 봅시다.

<table>
<tr><th>자료</th><th>표현 방법</th></tr>
<tr><td>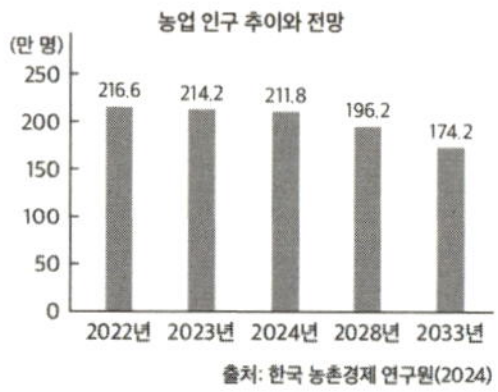
</td><td>그래프를 통해 정보를 한눈에 파악할 수 있도록 전달하고 있다.</td></tr>
<tr><td>
</td><td>뉴스 동영상 화면을 통해 주제와 관련된 내용을 생생하게 접할 수 있도록 하였다.</td></tr>
</table>

❷ 글에 다양한 기호를 삽입하는 것이 어떤 효과를 주는지 생각해서 써 봅시다.

글에 다양한 기호를 삽입하면 읽는 사람이 글을 재미있게 집중하여 읽을 수 있고, 또 글쓴이의 의도나 글의 정보를 효과적으로 전달할 수 있다.

활동 2 | 128쪽 |

○ 더 좋은 세상을 만들기 위해 우리에게 필요한 것은 무엇일까요? 세상을 바꾸는 움직임은 사회 곳곳에 존재합니다. 작은 움직임이 모여 커다랗게 보이는 세상을 긍정적인 방향으로 변화시킬 수 있지요.

❶ 내가 생각하는 좋은 세상은 어떤 모습인가요?

많은 사람들이 더 좋은 세상에 대해서 함께 고민하고 배우고 토론하며 발전해 나가는 세상.

❷ 책, 기사, 영상 등의 매체에서 작은 변화가 더 좋은 세상을 만든 사례를 찾아 써 봅시다.

매체 유형	자료 제목	내용 요약
책	『범죄 사회』	건축물의 구조나 위치를 적절히 설계하여 범죄를 예방하는 '셉테드'에 대한 내용이 나온다.
영화	「서프러제트」	20세기 영국에서 여성들이 참정권을 얻기 위해 시위하는 이야기를 담았다.

❸ 조사한 내용을 바탕으로 '세상을 바꾸는 ○○'을 주제로 글을 써 봅시다.

제목: (세상을 바꾸는 물음표)

세상을 바꾼 모든 움직임은 하나의 물음표로부터 비롯되었다. 마침표 끝에 달린 작은 갈고리 하나가 문장 마지막에 걸린 순간부터, 하나의 문장은 세상을 바꿀 작은 힘을 갖게 된다. 가령 아이작 뉴턴이 1666년 떠올린 "사과는 왜 나무에서 떨어진 걸까?"하는 질문처럼 말이다. 다른 사람들은 유치하다거나 시간 낭비라고 여겼을 그 호기심의 물음표는 만유인력의 법칙의 출발점이 되었고 우리는 비단 사과의 추락뿐만 아니라 행성의 궤도운동까지 설명할 수 있게 되었다. 1789년 프랑스의 시민들이 "우리가 순응해 온 신분제는 모순된 게 아닐까?"하며 갖게 된 비판적 물음표는 프랑스 혁명으로 이어졌고, 이후 인간과 시민의 권리 선언 발표로 현대 민주주의의

인권 개념을 확산시켰다. 또한 날이 갈수록 심각해지는 기후 위기에 눈감지 않고 "이를 가만히 두고 봐도 괜찮은 걸까?" 하며 걱정의 물음표를 남긴 사람들은 환경 운동에 앞장서며 아름다운 지구를 되찾기 위해 노력하고 있다. 이처럼 많은 긍정적 전환과 혁신에는 언제나 물음표가 앞선다.

물음표의 기능에는 크게 두 가지가 있다. 첫 번째는 배움의 기능인데, 모르는 것을 탐구하려는 시도에서 주로 생겨나는 물음표의 가장 일반적인 기능이다. 배움에 있어서 물음표는 무궁한 발전의 토대가 된다. 이는 질문을 던진 개인의 사고의 범주를 넓힐 뿐만 아니라 나아가 인류의 한계를 넓힌다. 두 번째는 비판적 사고의 기능이다. 모두가 '옳다'고 이야기할 때 '과연 그럴까?'를 외치는 것은 결코 쉽지 않은 일이다. 흔히들 많은 사람이 하는 일은 정당하다고 믿기 쉽고, 불확실한 상황에서는 다수의 의견을 따르는 것이 안전하다고 판단하기 때문이다. 특히 권위적인 집단에 속해 있거나 주변 환경에 의해 불합리함에 오랫동안 노출된 상태에서 생기는 비판적 물음표는 본인 혹은 공동체의 운명을 바꾸는 기점이 될 수 있다.

하지만 유감스럽게도 많은 사람들은 이러한 물음표의 영향력을 잘 알지 못한다. 매일같이 다니는 학교의 수업시간에는 온통 선생님의 목소리와 사각거리는 연필 소리, 책장을 넘기는 소리로 가득하다. 한 반에 스무 명이 넘는 학생들이 앉아있지만, 좀처럼 질문하는 소리가 들리지 않는다. 궁금증으로 반짝여야 할 우리들의 눈동자가 학년을 올라갈수록 점점 빛을 잃어 갈 뿐이다. 변화가 필요하다. 질문 자체를 부끄럽게 여기는 분위기와 질문하는 사람을 무지하게 여기는 인식이 개선되어야 한다. 거창하고 품격 있는 무언가가 아니라, 사소해 보이는 물음표들이 결국에는 세상을 바꿀 것이다.

4부 궁금해! 우리가 사는 세계

활동 1 | 167~168쪽 |

○ 우리의 선택에는 다양한 요소들이 영향을 미칩니다. 가령 소비를 할 때는 제품의 품질이나 가격, 나의 관심사는 물론 광고나 주변 친구들의 영향을 받을 수도 있지요. 내가 어떤 이유로 선택을 하게 되었는지를 이해한다면 보다 현명한 선택을 할 수 있습니다.

❶ 최근 구매한 물건이 있나요? 구매하게 된 이유와 그 제품을 알게 된 경로, 구매한 이후의 기분이 어땠는지 떠올려 봅시다.

구매한 물건	휴대폰 케이스.
구매한 이유	원래 쓰던 휴대폰 케이스가 금이 가고 더러워졌는데, 마침 최근에 재미있게 본 영화 관련 굿즈로 휴대폰 케이스가 나와서 꼭 갖고 싶었다.
제품을 알게 된 경로	영화 공식 SNS 계정을 보고 제품이 출시된 것을 알게 되었다.
구매한 후의 기분	내가 가진 용돈 내에서 구매할 수 있는 제품이어서 좋았고, 기대한 것보다 휴대폰이 잘 보호될 수 있게 만들어져서 디자인뿐만 아니라 기능도 만족스러웠다. 다만 이전에 쓰던 케이스보다 조금 더 두꺼워서 적응할 시간이 필요하다.

❷ **아래 보기를 참고해서, ❶의 소비를 하는 데에 가장 큰 영향을 준 요소 세 가지를 순서대로 써 봅시다.**

〈보기〉

갖고 싶은 마음 물건의 품질 가격 광고 주변 친구들

1. 광고: SNS 계정을 통해 굿즈 관련 안내와 광고를 보았기 때문에 구매하고 싶다는 마음이 들었다.
2. 갖고 싶은 마음: 재미있게 보았던 영화의 캐릭터와 장면으로 휴대폰을 꾸미고 싶었다.
3. 가격: 다른 굿즈들보다 저렴하면서도 내 용돈 내에서 구매가 가능해서 구매할 수 있었다.

❸ **예시를 참고하여, 중요한 선택을 해야 할 때 사용할 수 있도록 나만의 '선택 가이드라인'을 만들어 봅시다.**

예시

- ☐ 이 선택이 나의 가치관과 부합하나요?
- ☐ 충분히 고민할 시간을 가졌나요?
- ☐ 믿을 만한 사람의 조언을 들었나요?

〈나만의 선택 가이드라인〉

장기적인 관점에서 생각했나요?

주어진 선택지를 모두 고려했나요?

지금이 결정하기에 적절한 시기인가요?

이 선택이 나에게 어떤 영향을 미칠지 생각해 보았나요?

활동 2 | 169쪽 |

○ 4부에서는 다양한 주제에 대해 탐구하는 글들을 만나 보았습니다. 주변에서 가까이 볼 수 있는 사물이나 현상, 내가 평소에 좋아하는 음식이나 취미 활동 등 무엇이든 관심을 기울인다면 좋은 글감이 될 수 있습니다.

❶ 내가 가장 관심 있는 키워드 세 가지를 써 봅시다.

게임, 음악, 반려동물.

❷ ❶에서 생각한 키워드 중 하나를 골라서 아래 동그라미에 적고, 생각나는 대로 줄기를 뻗어 나가며 마인드맵을 그려 봅시다.

힐링, 위로 —— 공감 —— 음악 —— 장르 —— 케이팝

힐링, 위로 | 음악의 힘

장르 | 클래식

❸ ❷에서 만든 마인드맵을 바탕으로 주제를 하나 선정해, 이에 관해 설명하는 글을 자유롭게 써 봅시다.

주제: 내가 좋아하는 음악의 장르와 특징

글: 음악은 장르마다 각자의 특징과 매력이 있다. 여러 음악 장르를 살펴보면 재미있는 점들을 발견할 수 있다.

먼저 클래식 음악은 오케스트라의 여러 악기들이 어우러져 웅장하고 감동적인 소리를 만든다. 바이올린, 첼로, 피아노 같은 악기들이 함께 연주되기도 하고, 하나의 악기로 연주가 되기도 한다. 베토벤, 모차르트의 음악이 널리 알려져 있다.

케이팝은 우리나라의 대중음악으로, 중독성 있는 비트와 멋진 춤이 특징이다. 여러 명이 함께 춤추고 노래하는 아이돌 그룹이 많고, 뮤직비디오나 무대에서 보여 주는 퍼포먼스가 정말 중요하다. 요즘은 전 세계에서 인기가 많아서 한국 문화를 알리는 데도 큰 역할을 하고 있다.

이렇게 음악 장르마다 저마다의 특색이 있어서, 기분이나 상황에 맞춰 다양한 음악을 즐길 수 있다.

중2

국어 교과서 수록 작품 보기

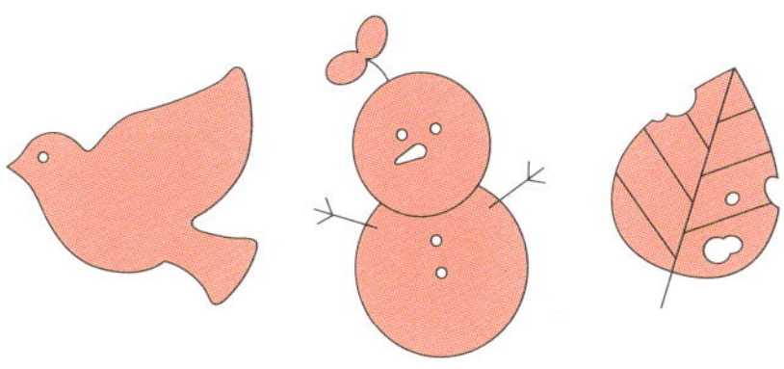

10종 중학교 국어 교과서 2-1, 2-2 수록 작품 보기

| 시 |

지은이	작품	수록 교과서
고재종	첫사랑	비상(박영민)2-1
공광규	얼굴 반찬	천재(노미숙)2-2
기형도	엄마 걱정	동아(남궁민) 2-1, 해냄에듀(강양희) 2-1
김광섭	성북동 비둘기	지학사(서혁) 2-1
김륭	눈사람	미래엔(민병곤) 2-1
김선우	작지만 온몸인 은빛 물고기처럼	지학사(서혁) 2-1
김선우	밥 먹었니?	천재(정호웅) 2-1
김소월	먼 후일	동아(남궁민) 2-2, 미래엔(신유식) 2-2, 비상(박영민) 2-1, 지학사(서혁) 2-2, 천재(노미숙) 2-1, 천재(정호웅) 2-1
김소월	진달래꽃	미래엔(신유식) 2-2
김응	괜찮은 척	창비교육(이도영) 2-1
나태주	내가 너를	미래엔(민병곤) 2-1
나희덕	귀뚜라미	지학사(서혁) 2-1
문병란	희망가	해냄에듀(강양희) 2-1
문현식	비밀번호	미래엔(민병곤) 2-1
박남준	작은 씨앗	창비교육(이도영) 2-1
박성우	사춘기인가	동아(남궁민) 2-2
박성우	신나는 악몽	미래엔(민병곤) 2-1
박성우	발표, 나만 그런가?	천재(정호웅) 2-2
변은경	나무와 그림자	미래엔(민병곤) 2-1

작가	작품	수록 교과서
복효근	세상에서 가장 따뜻했던 저녁	미래엔(신유식) 2-1
복효근	늦가을	해냄에듀(강양희) 2-1
이은솔	엄마의 역설법	비상(박영민)2-1
손택수	나무의 꿈	비상(박영민)2-1
신경림	가난한 사랑 노래	미래엔(민병곤) 2-2
신동엽	산에 언덕에	해냄에듀(강양희) 2-2
신석정	꽃덤불	천재(정호웅) 2-2
오은	어쩌면	동아(남궁민) 2-1
유안진	오해, 풀리다	해냄에듀(강양희) 2-1
이방원	하여가	비상(박영민)2-2
이생진	벌레 먹은 나뭇잎	해냄에듀(강양희) 2-1
이유상	가족사진	미래엔(민병곤) 2-1
이장근	낙타	천재(노미숙) 2-1, 천재(정호웅) 2-1
이재무	딸기	천재(노미숙) 2-1, 천재(정호웅) 2-1
이직	까마귀 검다 하고	해냄에듀(강양희) 2-1
이해인	유월 숲에는	천재(정호웅) 2-2
지은이 모름	두꺼비 파리를 물고	동아(남궁민) 2-2, 비상(박현숙) 2-2, 창비교육(이도영) 2-1
정몽주	단심가	비상(박영민)2-2
정유경	눈사람	미래엔(민병곤) 2-1
정일근	애기똥풀이 하는 말	미래엔(신유식) 2-1
정진규	별	동아(남궁민) 2-2, 지학사(서혁) 2-2
정철	훈민가	미래엔(민병곤) 2-1
정호승	봄길	비상(박현숙)2-2
조향미	시 창작 시간	천재(정호웅) 2-1

작가	작품	수록 교과서
지은이 모름	청산별곡	창비교육(이도영) 2-1
최승호	그네	천재(노미숙)2-2
최윤근	늦게 쓰여진 시	비상(박영민)2-2
하상욱	맛집	해냄에듀(강양희) 2-1
함기석	저녁 항구	천재(노미숙) 2-1
함민복	비린내라뇨!	미래엔(신유식) 2-1, 천재(노미숙) 2-1
홍랑	산버들 가리어 꺾어	천재(노미숙) 2-1

| 소설 |

지은이	작품	수록 교과서
김유정	동백꽃	동아(남궁민) 2-1, 지학사(서혁) 2-1, 창비교육(이도영) 2-1, 천재(정호웅) 2-1
김중미	느티나무 수호대	미래엔(민병곤) 2-2
김현태	앞에만 서면 덜덜덜	미래엔(신유식) 2-1
문이소	목요일엔 떡볶이를	미래엔(민병곤) 2-1
박루아	웬만해선 죽지 않아!	천재(정호웅) 2-1
박지원	양반전	동아(남궁민) 2-2, 미래엔(신유식) 2-2, 비상(박영민) 2-1, 지학사(서혁) 2-2, 천재(노미숙) 2-1, 해냄에듀(강양희) 2-1
성석제	내가 그린 히말라야시다 그림	미래엔(민병곤) 2-1, 비상(박영민) 2-1
아지즈 네신	아, 우리 당나귀들	동아(남궁민) 2-1

작가	작품	수록 교과서
안톤 파블로비치 체호프	카멜레온	미래엔(신유식) 2-2
알퐁스 도데	코르니유 영감님의 비밀	천재(정호웅) 2-1
양귀자	원미동 사람들	비상(박현숙)2-2
엄유나	말모이	지학사(서혁) 2-1
위다	플랜더스의 개	해냄에듀(강양희) 2-1
이금이	아일랜드 베이비	해냄에듀(강양희) 2-1
이기호	아파트먼트 셰르파	천재(정호웅) 2-2
이옥수	기차가 달려간 곳에는	비상(박현숙)2-1
지은이 모름	춘향전	비상(박현숙)2-2
조규미	축구공과 응원 봉	천재(노미숙) 2-1
주요섭	사랑손님과 어머니	천재(노미숙) 2-1
진형민	멍키 스패너	미래엔(신유식) 2-1
천선란	천 개의 파랑	미래엔(신유식) 2-1, 지학사(서혁) 2-1
하근찬	홍소	동아(남궁민) 2-2
하근찬	수난이대	미래엔(민병곤) 2-2, 비상(박영민)2-2, 천재(노미숙) 2-2, 해냄에듀(강양희) 2-2
한강	소년이 온다	해냄에듀(강양희) 2-2
허균	홍길동전	창비교육(이도영) 2-2, 천재(정호웅) 2-2
현진건	운수 좋은 날	미래엔(신유식) 2-2

| 수필 |

지은이	작품	수록 교과서
EBS 〈동과 서〉 제작팀, 김명진	눈으로 말하는 동양, 입으로 말하는 서양	창비교육(이도영) 2-1
구본권	짧은 영상이 왜 나빠요?	지학사(서혁) 2-1
권혜령 외	카메라의 숏과 앵글	동아(남궁민) 2-2
김경훈	세상을 바꾼 사진들	해냄에듀(강양희) 2-1
김명환	일제하에서 충무공을 예찬한 광고	동아(남궁민) 2-1
김봉섭	뉴스와 가짜 뉴스	동아(남궁민) 2-2
김상우	퇴고는 필수	비상(박영민)2-2
김상준	이해하고 나면 너무나 쉬워지는 발명	미래엔(신유식) 2-1
김승현	디지털 격차를 줄여야 한다	천재(정호웅) 2-2
김영숙	추상화는 낙서가 아니야	미래엔(민병곤) 2-2
김영옥	콘서트 티켓이 비싼 까닭	천재(노미숙) 2-1
김원배	이런 책을 골라 읽어 보세요	천재(정호웅) 2-2
김윤나	듣기 실력이 필요한 당신에게	동아(남궁민) 2-1
김은진	세실리아 할머니의 그림	해냄에듀(강양희) 2-1
김홍기	오래된 미래, 보존과 재생	지학사(서혁) 2-1
남원상	괴괴해도 꿋꿋한 뜻이 있어	동아(남궁민) 2-1
데이비드 크리스털	사라져 가는 언어	동아(남궁민) 2-2
모상현	방관자 효과에 어떻게 대처해야 할까	지학사(서혁) 2-2
박동근	매체가 다르면 언어 사용 방식도 다르다	동아(남궁민) 2-2
박재현	발표에서의 비언어적 표현	동아(남궁민) 2-2
박정란	반려동물은 가족이자 친구	천재(노미숙) 2-2
박정호	선택에 숨겨진 비밀, 넛지 효과	비상(박영민)2-2
박종무	문밖의 동물들	해냄에듀(강양희) 2-1
박진영, 안윤지	아무도 특별하지 않습니다	미래엔(신유식) 2-2

지은이	작품	수록 교과서
브래들리 부시, 에드워드 왓슨 지음 신동숙 옮김	음악을 들으며 공부해도 괜찮을까?	지학사(서혁) 2-2
생각 공장	논증의 오류	천재(정호웅) 2-2
손영운	야구 선수들은 왜 눈 밑에 검정 테이프를 붙이는 것일까?	천재(정호웅) 2-1
송미숙	동화 속 순수한 세상을 그리다	동아(남궁민) 2-1
송현수	개와 고양이의 물 마시는 법	천재(정호웅) 2-2
신광철	자연을 품는, 한옥의 공간	동아(남궁민) 2-1
안치용, 이수빈, 이은서, 이윤진	세상을 위해서는 이게 더 좋아, 못생긴 농산물의 반란	지학사(서혁) 2-2
안혜민	도시의 숲이 나에게 미치는 영향은?	미래엔(신유식) 2-1
양은우	스마트폰을 많이 사용해도 괜찮을까?	미래엔(신유식) 2-1, 천재(노미숙) 2-2
엄미정	진주 귀고리를 한 소녀에 담긴 비밀	지학사(서혁) 2-2
위기철	토끼 뿔 구하기	동아(남궁민) 2-1
유병록	마음 우물	동아(남궁민) 2-2
윤덕노	국수가 잔치 음식이 된 까닭	창비교육(이도영) 2-2
이건호	기자들은 어떤 서술어를 선택할까	동아(남궁민) 2-1
이금희	우리 편하게 말해요	비상(박현숙)2-1
이두현	신비로운 쌍둥이 섬, 독도의 탄생	미래엔(신유식) 2-2
이랑 외	청소년이 꼭 알아야 할 4차 산업 혁명 새로운 직업 이야기	비상(박영민)2-1
이만수	정약용의 초서법	비상(박영민)2-2
이문구	열보다 큰 아홉	동아(남궁민) 2-2, 창비교육(이도영) 2-1
이서아	눈물, 너의 정체는 뭐니?	천재(정호웅) 2-1
이종보	빅 데이터 시대, 데이터에 관한 개인의 권리	동아(남궁민) 2-1
이종성	세계사를 바꾼 월드컵	비상(박영민)2-2

작가	작품	수록 교과서
이청준	아름다운 흉터	천재(정호웅) 2-1
이충렬	간송 전형필, 〈훈민정음해례본〉을 구하다	천재(정호웅) 2-2
임두원	재미있을 때는 왜 시간이 빨리 갈까?	비상(박현숙)2-1
장영희	미안합니다	비상(박영민)2-2
저자	세상을 설명해 주는 사람들	지학사(서혁) 2-1
저자	카페인을 섭취하는 올바른 방법	지학사(서혁) 2-2
교과서 집필진	보행자를 위한 유니버설 디자인	창비교육(이도영) 2-1
교과서 집필진	매체 자료는 현실을 어떻게 보여 주는가?	창비교육(이도영) 2-2
전국도덕교사모임	세상을 바꾸는 소비	천재(노미숙) 2-2
전채은	왜 동물원이 문제일까?	비상(박영민)2-1
정약용	아버지의 편지	동아(남궁민) 2-1
정여울	나보다 더 나를 잘 아는 진정한 타인과의 만남	미래엔(민병곤) 2-2
정일록	소음 공해, 참으면 병이 된다고?	해냄에듀(강양희) 2-2
정해나	가을, 시간 여행, 그렇다면 군산	천재(정호웅) 2-2
정호승	모든 벽은 문이다	미래엔(신유식) 2-2
조영은	도서관에서 공부하면 집중이 잘되는 까닭	천재(노미숙) 2-1
채운	기다려라, 그 순간을 위해!	비상(박현숙)2-1
최석조	조선의 초상화에 담긴 두 가지 원칙	천재(정호웅) 2-2
최원석	자외선이 궁금하다	지학사(서혁) 2-1
최지현	화장품의 역할은 어디까지일까	미래엔(민병곤) 2-2
태지원	우리는 왜 첫사랑 이야기를 좋아할까	비상(박현숙)2-1
한국 표준 과학 연구원	아이스크림을 먹었을 때 기분이 좋아지는 과학적인 이유?	비상(박영민)2-1
한국경제	대한민국에서 사과가 사라진다?	해냄에듀(강양희) 2-2
한정선	자외선 차단제, 얼마나 알고 있니?	해냄에듀(강양희) 2-1